KB075413

무언가 찾아올 적엔

무언가 찾아올 적엔

하종오 시집

창비시선
2 2 4

차 례

제5부

제1부

초봄이 오다

산수유 한 그루 캐어 집에 옮기려고
산에 가만가만 숨어들었다.
나무는 뿌리를 밑으로 밑으로 내려놓았겠지,
자그마한 산수유 찾아 삽날을 깊숙이 꽂았다.
이제 한 삽 뜨면 산에게서 내게로 올 게다.
겨울 내내 집안은 텅 비고 날 찾아오는 이 없었어.
이제 마당귀에 산수유 심어놓고
그 옆에서 꽃 피길 기다리면
이 산이라도 날 찾아오겠지.
삽자루에 힘을 주어도 떠지지 않아서
뿌리 언저리 손으로 파헤쳐보았다.
산수유는 뿌리를 옆으로 옆으로 벌려놓고 있었다.
나는 삽날 눕혀 뿌리 밑을 돌아가며
둥그렇게 뜬 뒤 밑동 잡고 들어올렸다.
한 그루 작은 산수유 실뿌리 뚜두두둑 뚜두두둑 끊기자
산에 있던 모든 산수유들 아픈지 파다닥파다닥
노란 꽃망울들 터뜨렸다.

새가 먹고 벌레가 먹고 사람이 먹고

요렇게 씨 많이 뿌리면 누가 다 거둔대요?

새가 날아와 씨째로 낱낱 쪼아먹지.

요렇게 씨 많이 뿌리면 누가 다 거둔대요?

벌레가 기어와 잎째로 슬슬 갉아먹지

요렇게 씨 많이 뿌리면 누가 다 거둔대요?

나머지 네 먹을 만큼만 남는다.

시어미가 며느리년에게 콩 심는 법을 가르치다

외지 떠돌다가 돌아온 좀 모자라는 아들놈이
꿰차고 온 좀 모자라는 며느리년 앞세우고
시어미는 콩 담은 봉지 들고 호미 들고
저물녘에 밭으로 나가고

입이 한 발 튀어나온 며느리년 보고
밥 먹으려면 일해야 한다고 핀잔주지는 않고
쪼그려 앉아 두렁을 타악타악 쪼고
두 눈 멀뚱멀뚱 딴전피는 며느리년 보고
어둡기 전에 일 마쳐야 한다고 눈치주지는 않고
콩 세 알씩 집어 톡톡톡 넣어 묻고

시어미가 밭둑 한바퀴 다 돌아오니
며느리년도 밭둑 한바퀴 뒤따라 돌아와서는,
저 너른 밭을 놔두고 뭣 땜에 둑에 심는다요?
이 긴 하루에 뭣 땜에 저녁답에 심는다요?
며느리년이 어스름에 묻혀 군지렁거리고

12

가장자리부터 기름겨야 한복판이 잘돼지.
새들도 볼 건 다 보는데 보는 데서는 못 심지.
시어미도 어스름에 묻혀 군지렁거리고

다 어두운 때 집에 돌아와 아들놈 코 고는 소리 듣고
히죽 웃는 며느리년에게 콩 남은 봉지와 호미 쥐여주고
시어미가 먼저 들어가 방문 쾅 닫고

하늘눈

내 텃밭을 얕봐서 앞집 트랙터나 뒷집 경운기론
반나절도 안 걸린다며 갈아주지 않는다
삯도 몇 푼밖에 받지 못하여 영 재미없겠지만
내게는 아침나절 저녁나절 나흘 일거리다
풀꽃들이 웃자라 벌써 꽃 피우고 서 있는 흙을
나는 한 삽 한 삽 떠서 제자리에 엎는다
그그저께는 한 두둑 일궈서 아욱,
그저께는 한 두둑 일궈서 시금치,
어제는 한 두둑 일궈서 열무 상추,
오늘은 한 두둑 일궈서 고추 모종,
국거리 찬거리 다 준비하고 나니 내 텃밭도 넓다
  사지삭신을 흙에 부리고 나면 하늘눈이 생겨나는가
  저기 산에서 여기 나무에게로 슬며시 오는 그늘이 보
인다
  가지에 둥지 친 새를 따라 날아다니는 나무가 보인다
  언젠가 남을 비웃던 날이 내가 땅을 치고 울 날로 보
인다
  수년 전엔 수직으로 보이던 내가 오늘은 수평으로 보

인다
　저녁이 올 때쯤 텃밭에 삽자루 눕히고 앉아 있으면
　앞집엔 트랙터가 돌아오고 뒷집엔 경운기가 돌아오고
　이윽고 어스름이 가득가득 찬다
　나는 손 씻고 집안으로 들어가다가 본다, 내 텃밭이
　날려오는 꽃잎 여러 잎을 다시 풀꽃에게로 날려보내
는 걸

해거리

원래 남의 밭에 있던 것을 슬쩍 해와서
화단에 심어놓은 뒤로 내 속셈 모르는 척
적작약이 다신 꽃을 피우지 않았답니다.
제까짓 놈 제까짓 놈 언제까지 영 꽃 안 피우는지
두고보자 벼른 지 몇 해 되는 사이에 그만
나는 눈길을 거두었고, 되는 일이 없었답니다.
날 사로잡아봐야 흰 꽃송이나 도둑당하지 싫어서
에잇 고얀 사람 에잇 고얀 사람 지 맘대로 하라는 건지
적작약이 잎사귀만 내어 보이고 일찌감치 시들었답
니다.
서로 본체만체하는 동안에 비로소 알았을까요.
오래 내 눈빛을 받아야 저도 꽃망울을 맺고
제 꽃봉오릴 오래 보여주면 나도 잘된다는 걸.
올해는 희디흰 꽃송이를 송이송이 벙글었답니다.
아니, 아니, 한해 더 넘기면 꽃을 피워서는 안될 일이
적작약에게 있었을 겁니다.

살아서 가는 법

밭가에 심긴 등나무는
가지를 뻗어도 휘감을 나무가 없어
서로 꼬며 꼬이며 휘어 오르다가 멎어서
사방으로 잔가지들 하늘거린다.
저 홀로 직선으로 허공을 오르지 못하자
등나무는 그 푸른 힘을 밑으로 내려 퍼뜨린다.
저 홀로 땅속에 곡선으로 휘어 뻗은 뿌리는
팔방으로 이리저리 퍼져나가다가
불쑥불쑥 밭고랑에 새 가지를 돋아올린다.
새 가지는 새순 내어 사방팔방을 더듬어보다가
휘감을 나무가 없으면 구불구불 엎드린다.
누가 밭가에 등나무를 심었을까.
저 홀로 흙바닥에 직립하지 못한 사람이었을까.
그이 온몸도 기댈 데 없어 휘었을 게다.

비 오는 날에 오는 저녁

비가 오는 날에도 저녁은 오네.

비가 등꽃을 때리면 저녁은 등꽃을 감싸네.

묵정밭 보이는 마루에 앉아서 밥 먹다가 눈 깜박이네. 꽃잎들 폴폴폴, 다시는 수저 들지 못하겠네. 입가심도 하지 않고 등나무 밑으로 가서 어스름에 젖는 빗방울에 젖어 빗방울에 젖는 어스름에 젖어 낙백(落魄) 십년 보네.

비가 오는 날에도 저녁은 오네.

비가 밭으로 스며들면 저녁은 밭으로 내려앉네.

빗물 고이면 일이 년 전에는 거름 묻은 아랫도리옷 빨고 삼사 년 전에는 삽자루 닦고 팔구 년 전에는 물길 트고 십 년 전에는 다른 곳에서 싸우며 밥그릇 씻었네. 밤 되기 전에 묵정밭 물끄럼 보다 비 그치면 갈아엎고 뿌릴 풋나물 씨앗값 속셈하네.

비가 오는 날에도 저녁은 오네.

비가 마당으로 흐르면 저녁은 마당에 가만히 있네.

빈 주머니에 손 넣고 마당 걷네. 해마다 알곡 거두어 들여도 늘 비어 있던 집안 구석구석에 간만에 차고 넘치는 빗소리 듣네. 저녁도 가득하여서 어둠 출렁거리며 내쉬는 가쁜 숨소리 듣네. 가슴 흥건하여서 마루에 올라앉네.

비가 오는 날에도 저녁은 오네.

비가 처마 아래로 떨어지면 저녁은 처마 위로 올라가네.

밥상 들고 집안으로 들어가 전등 켜네. 적막이 훤하니 그걸 낙백한 은둔자의 전 재산으로 알아서 빗물이 집 떠받들고 어둠이 집 드네. 몸 가누지 못해 다신 비도 보지 못하고 저녁도 보지 못하고 일찍 잠드네.

달빛 그림자

　시골에 와서 밤에 자드락길 걷네 나무는 낮에 생긴
제 그림자보다 밤에 생긴 제 그림자에게 사로잡히는지
달빛 가만히 받고 서 있네

　오늘밤에는 달이 쉬는 숨소릴 듣고 싶지만 내 발소리
만 들리네 꽃향기 나는 나무에게 다가오니 한 길은 올라
가고 한 길은 내려가서 어디로 가야 할지 모를 갈림길에
닿네 달은 초하루에서 차오르고 있는지 보름에서 이지
러지고 있는지 내가 쳐다봐도 갈 곳 비추어주진 않네

　오르막길로 간들 산이 제 그림자를 앞세우고 내려오
고 내리막길로 간들 강이 제 그림자 끌고 올라와서 달
이 내는 숨소릴 듣게 해줄 수 없을 테니 갈림길에서 그
만 내가 심호흡해버리고 마네

　맨 처음 잡목 베어내고 기슭 파내어 자드락길 만든
이는 봄밤에 한번쯤 걸어보면서 훗날 한 인간이 와서
이럴 거라는 걸 알았을라나 몰랐을라나 꽃향기 내며 서

있는 나무가 제 그림자 조금씩 옮기네 비로소 나도 보
네 내 그림자에 사로잡혀서 달빛 받으며 자드락길 되돌
아가려는 나를

봄날 낙화

주인이 가위를 들고 오기 전에 배나무는
사람들의 눈빛을 받아서 꽃눈을 틔웠다
몇해 전부터 주인이 전지를 할 때마다
잘려나간 곁가지가 안타까웠던 배나무는
살아남은 가지의 슬픔을 덮으려고 꽃잎을 폈다

그걸 모르는 주인은
열매가 크게 맺도록 총총한 꽃을 솎아낸 뒤에
꽃봉오리가 터지면 꽃에 붓을 갖다대고
살짝 꽃가루를 묻혔다가 떼지만
배나무는 수꽃에 깊이 침을 박았던 머리뿔가위벌을
기다렸다
깨끗한 과피를 만들기 위해 종이봉지를 준비하면서
육질과 수분이 꽉 찬 과일을 끝없이 탐하는 주인을
무시하고
배나무는 곁가지들 잘려서 허전한 허공에 꽃빛깔을
가득 채웠다
희디흰 꽃향기가 뜨거운 소문처럼 퍼져나가서

머리뿔가위벌들이 날아와 암꽃에 침을 박고 부르르
떨면
　　낮이 오래도록 저물지 않았다

　　그런 날에는
　　배밭 옆을 지나는 사람들이 멈춰 서서
　　눈 비비다가 나지막이 신음소릴 내는 것이었다
　　가지마다 무언가 환한 것이 여자가 벗는 옷처럼 살짝
내려와
　　배나무 그늘 아래에서 손짓하며 부르는 것이었다

버들개지 흩날리는 날

버들개지 흩날리는 날
묏자리로 사둔 야산 놀려두기 아까워
두둑 일궈 고구마 심으러 오르는
늙은 아비와 늙은 자식 있다

늙은 아비 따라 늙은 자식 산으로 가 고구마 심고
늙은 자식 앞세우고 늙은 아비 집으로 갈 때까지도
버들개지 흩날린다
저 집에서 영원히 떠나야 이 산에 영원히 머무른다고,
늙은 아비 속으로 중얼거리며
자신이 자식이었던 때를 되돌아본다

그날도 버들개지 흩날렸던가
아버지 고구마 심자 하면 줄기처럼 딸려가서 심었다
아버지 살아 생전 쌀 팔아 논뙈기 늘이는 동안
겨울에 고구마로 배 채우고 봄에 고구마 또 심었으므로
죽어 묻힐 날 모르면서 묏자리 야산을 놀려둘 수 없
던 게다

도시에서 온 늙은 자식 도시로 떠나고 나면
고구마 캐러 다시 올지 모르겠지만
늙은 아비 무덤 쓸 때면 돌아올 거라고 믿고 싶은 날
버들개지 흩날린다

농업박물관

이랬다
아버지가 논 갈고 알곡을 거뒀어도
자식은 아버지의 손은 놔두고 농구만 살폈다

또 이랬다
자식은 논물에 젖었던 아버지의 생애보다는
종자만 먼저 보살폈다

아버지는 여전히
워낭소리에 귀 기울이며
황소 고삐를 잡아당기는 농부지만
쟁기, 써레, 달구지를 바꿔달지 못하고
밀, 벼, 보리를 뿌리지 못하는 박제였다

들판을 얻어 살아간 이는 아버지였지만
들판을 버려 살아가는 이는 자식이었다
자식의 자식들에게 보이기 위해 농구들을 진열하고
자식의 자식들에게 물려주기 위해 종자들을 보관하고

자식의 자식들에게 가르치기 위해
햇빛 아래 들일하던 아버지를
조명등 아래 전시하였다

늘 그랬다
산 아버지가 한해 한번 손수 거둔 식량을 먹고 자랐
던 자식은
죽은 아버지가 허울만 있는 대가로 한달에 한번 월급
을 받고
날마다 저녁이 오면 들녘에 안개 내리는 소리를 들으며
농업박물관 문을 잠그고 집에 돌아가
먼 나라서 가져온 쌀밥과
먼 나라서 가져온 소고기를 구워먹었다

제2부

아비는 입으로 농사짓고 아들놈은 손으로 농사짓다

장에 가는 차비 아낄 요량으로
남의 차 얻어 탔다가 도랑에 처박히어
부러진 손모가지 깁스한 아비는
장터에서 개인택시 하는 아들놈 불러들였다

아비는 웃둑으로 가서 고래고래 소리질렀다
차는 똑바로 몰면서 경운기는 삐뚜름하게 모냐?
길 가는 운전대 따로 논 가는 운전대 따로 있냐?
아비는 아랫둑으로 가서 고래고래 소리질렀다
길바닥에선 물 피해 길 빨리 달려도 되지만
논바닥에선 물 흘러가게 길 내며 천천히 가야 돼.

아들놈 차값 본전 뽑으려면 경기 잘 타야 하는데
꽃놀이 패 몰려올 땐 불러서 모판 찌게 하고
물놀이 패 몰려올 땐 불러서 농약 치게 하고
단풍놀이 패 몰려들 땐 불러서 벼 베게 했다

아비는 짚단 묶으며 사근사근 말했다
벼가 다 익으니 내 손모가지도 다 붙었다야.
네 근력이 아주 세니 땅심도 더 세졌다야.
아비는 나락 포대 세며 사근사근 말했다
길바닥에서 하는 손님 장사가 재밌겠냐?
논바닥에서 하는 곡식 장사가 재밌겠냐?

논일하는 동안 영업 못한 아들놈은 일당 계산해
든손에 쌀 찧어 택시로 장에 실어 날랐다
결국 반타작밖에 못한 셈이지만
아비는 빈 들 바라보고 뻥끗 웃었다

스프링클러

가문 날 무밭에 스프링클러가 돌며
물줄기를 뿜자 긴 잎들이 축축 처진다
무보다 시간당 품삯에 재미본
밭주인이 신축 별장에 잡부로 가 있는 동안
떨어지는 물방울의 무게에 눌리어
긴 잎들이 납작하게 눕혀진다
촉촉이 젖은 뿌리가 두둑을 밀어낼 때
밭주인이 오토바이를 타고 오더니
천원권을 꺼내 탁탁 털다가 냉큼 지하수
펌프 전원을 끄고 집안으로 들어간다
스프링클러가 멎고 뜨건 햇볕만 쏟아지는데
긴 잎들이 스르르 올라간다
왜 이리 오래 틀어 씨펄 전기값 아깝게시리
밭주인이 마누라에게 퍼붓는 소리 커도
무밭은 파릇파릇 넓어진다

마을길

내가 앞으로 걷다가 보면 나무가 앞으로 걷고
내가 뒤로 걷다가 보면 나무가 뒤로 걷는다
나무가 걷는다는 걸 몰랐던 어린 날
잔가지 한짐 베어 땔감 했던 일이 미안해서
나무의 발자국 옆에 내 발자국을 놓으며
고개 숙이고 가면 녹음을 건너가버린다
살펴보면 뿌리들이 온 길 잎들이 온 길 그늘이
온 길 다 걸어왔는데 나는 숨이 차지 않는다
아직도 나무가 걷는다는 걸 모른 채 사족이 병든 사람들은
무자비하게 숲을 베어내고 그 자리에 스틸하우스를
짓는다
저이들 저 집에서 살다 죽으면
다른 숲에서 나무들이 몰려와 주검을 짓이길 거라고
나는 생각한다 나무들이 더 오래 살아남을 거라고 생
각하면
저절로 보조가 맞추어진다
천천히 걷는 나무를 보면 내가 천천히 걷게 되고
빨리 걷는 나무를 보면 내가 빨리 걷게 된다

슬픈 유산

논물 빼려고 물꼬 트듯 아버지는
몸에 난 구멍이란 구멍 모두 열어서
평생 먹던 쌀밥과 된장국을
이제는 먹고 마시는 족족
자식에게 질펀하게 내놓는 것이었다

끝까지 물려주지 않아야 똥오줌이나마 받아준다고
논밭에 일찍 나갔다가 늦게 들어오곤 하더니
끝까지 왔는데도 안 물려주고 똥오줌이나 먼저 받으
라는가,
  잠시 아버지를 뵈러 온 자식은 투덜거리는 것이었다

자식은 떠날 것이다
아버지가 해마다 심어먹었던 잡곡과 채소
아버지가 날마다 길어먹었던 뒤란 찬 우물물마저
몸에서 다 비워내고 나면 아버지를 묻어버리고
자식은 논밭을 팔아먹을 것이다

그래도 거름 만들려고 정랑 퍼내듯 아버지는
온몸에 남은 기운이란 기운 모두 끌어서
논두렁 다지던 발걸음과 새 쫓던 팔매질도
씨앗 꾸러 온 이웃에게 해대던 손사래마저 모아
자식에게 조용히 내주고 맥놓는 것이었다

삼 년 내리

내리 삼 년 못 거두면 내팽개쳐지는 줄 알았던지
금년에 밭이 싹 파릇파릇 돋아냈습니다.
한 마지기 사놓고 외지 떠돌다 온 해부터
나는 남의 밭 눈대중으로 익혀 갈고 뿌렸습니다만
해마다 배추 한 포기 거두지 못하여서 철 지난 뒤
그 이유 이웃에게 물어보니 고개만 갸웃거렸습니다.
농사일 아무나 할 수 없다면서 도리질하다가도
때 되면 고랑 일군 지 이태나 되기는 했습니다만
밭이 날 동정하여서 에멜무지로 싹 낼 턱이 없었습니다.
둑에 앉아 이리 생각하고 둑에 서서 저리 생각해봤
더니
지지난해는 씨 얕게 묻었고 지난해는 씨 깊게 묻었습
니다.
그러면 금년엔 맞춤하게 흙 덮이어서 싹 내었을 테니
아, 밭은 어느 해도 제 일을 작파하지는 않은 거지
요?
올해는 거두어 김장 담글 요량만 하고서
나는 날마다 밭을 살폈습니다.

배추들 제철 다 가도 속고갱이 텅텅 비고

　잎사귀 둥그렇게 말아올리지 않길래

　지푸라기로 묶어주며 가만히 그 이유 헤아려보니

　외지 떠도는 사이 이미 나는 인심을 다 잃어버렸더랬
습니다.

　내리 삼 년 밭에게마저 거름 한번 주지 않았던 겁니다.

선풍기나무

산비탈에 버려져 묻힌 고장난 선풍기에게
작은 나무가 실뿌리로 다가가 톡톡 건드리자
잎들이 팔랑거리고 가지들이 투덕거린다

응달진 숲 속에서 이름도 얻지 못한
작은 나무가 이윽고 득의만면하여
원뿌리를 선풍기에 갖다대려다가 기우뚱거리고,
제 엔진 돌아가는 소리로 들은 선풍기는
전원이 들어오기를 기다리지만 요지부동한다

숲을 이룬 상수리는 작은 나무를 거들떠보지도 않고
날개를 편 새떼들을 일렬종대로 불러들여 앉히고
빗줄기를 우듬지에서 받아 울울창창해질 때
작은 나무는 땅속에서 녹물에 젖어들고,
플라스틱을 빨아올리고, 프로펠러를 휘감고,
비스듬히 쓰러진다, 쓰러질수록
잎들이 흔들리고 가지들이 흔들리자
모든 뿌리를 깊숙이 선풍기에 박아 내린다

선풍기가 남아 있는 제 회전력을 전달하지만,
작은 나무는 자꾸만 말라간다, 말라비틀어져가면서도
바람을 일으켜 상수리숲을 차지하고 싶어한다

세 남자가 같은 날 땅을 파다

곡우 지난 어느 날이었다

젊은 사내 텃밭에 삽 들고 나와
잡초 수북한 두둑 한 삽씩 떠서 엎는다
해마다 다른 풀이 돋아나는 건
풀씨 실어 나르는 바람의 방향이 달라서일까
풀씨 먹고 와서 똥 싸는 새의 종류가 달라서일까
약한 잡초가 강한 잡초에게 눌려서일까
젊은 사내 의문 품으며 한 뙈기 텃밭 일군다

텃밭 건너 논에 늙수그레한 농부 경운기에 쟁기 달아
벼 그루터기 총총한 논바닥 갈아엎는다
한 고랑 갈고 또 한 고랑 갈고 반복하면서도
금년엔 나락이 몇 섬 나올지 속셈하지 않는다
살아오는 동안 했듯이 살아가는 동안 한다는 듯이
가끔 운전대 잡은 손 펴고 침 탁탁 뱉고는
늙수그레한 농부 쉬지 않고 한 배미 논 간다

논 건너 야산에 외지 사내 손으로 가리키고
포크레인이 나무들 캐내고 산비탈 파헤친다
높은 곳 흙 깎아서 낮은 곳에 메우게 하고
평평하게 골라질수록 머릿속에 집 한 채 선다
여태 머물러 지내던 곤충이야 죽든 말든
터만 다져놓아도 땅값 올릴 수 있다는 속내 감추고
외지 사내 서서 한자락 야산 뭉개게 한다

텃밭에도 논에도 야산에도
햇빛이 똑같이 쏟아져내리는 날이었다

오줌

제철에 손수 뿌리고 거둬 밥상 차리던 어머니가
밤이면 지쳐 방안 윗목에서 오줌 누시면
두멍에 우물물 길어다 붓는 물소리로 들렸다 그러면
나도 마려워 부자지 움켜쥐고 이불 속에서 나왔다

아침마다 잿더미에 요강 쏟아붓던 어머니는
봄이면 재 져다 뿌리고 두둑 골라 도라지 심고
꽃 필 땐 날 데려가선 고랑에서 오줌 누시었다
그 소리 들으며 둘러보면 어머니 오줌 방울방울이
보랏빛 꽃 송이송이로 피어올랐고,

그러구러 도시로 나온 나는 쌀과 고기반찬 사 먹었지만
오밤중에 마려우면 뜰에다 오줌 누곤 했다 그래도
창문을 두드리는 빗소리로도 들리지 않는지
어린 자식은 부자지 움켜쥐고 따라나오지 않았다

무심코 오줌 눠대던 자리 어느 날 문득 바라보니
언제 왔는지도 모르게 와서 자라나 있던 도라지 하나

꽃대에 점점이 떨어진 내 오줌 방울방울은
허연 버캐 송이송이로 맺혀 있었다
잎사귀는 말라 배배 틀리며 죽어가고 있었고,

이불

밤새 구공탄 타도 아랫목만 따뜻하던 온돌방
한 이불 속에 발 모아 대고 잠자던 형제들이
저마다 갈길 간 뒤로 이불 한 장 주어졌을 적에
나는 처음으로 생각했다 자립으로 산다는 게 무엇인가

갓 태어나서부터 둘러싸여 자던 포대기 버리자
몇날 며칠 칭얼거리던 두살배기 아들을
한 이불 속에 들여 샅에 작은 발 끼고 누웠을 적에
나는 처음으로 생각했다 대대로 산다는 게 무엇인가

하지만 아들도 자라 제 갈길 떠나가고
다시 이불 한 장 주어졌을 적에
나는 처음으로 죽는다는 게 무엇인가 생각했다
밤이면 거리로 나를 불러내던 슬픈 문제들,
저 관여할 수 없는 꽃의 낙하가
저 돌아올 줄 모르는 돈의 행방이
저 뜨거운 사랑이 저 거친 바람소리가
산다는 거라는 것을 몰라보는 게 죽는다는 거라는 것을

이불 뒤집어쓰고서 알고 나니 불현듯 여자들 생각이
났다

 늙으신 어머니 죽어 이제 이불 덮지 않고
 중년의 아내 살아 아직 이불 펴고 개지만
 나는 한 이불 속에서 내림내림 발 포개고
 함께 누웠다가 홀로 일어난 걸 왜 기억하지 못했을까
 홑청에 빳빳하게 풀 먹여 시치던 여자 두 사람
 기뻐하며 날 재워주어 끝없던 날들 있었다

주인은 있고 없고

아버지는 동네 어르신네한테서 논밭을 샀지만
그 어르신네가 누구한테서 샀는지는 모르는 일이고
그 누구가 또 누구한테서 샀는지는 모르는 일이고

그래서 원래 주인이 없다면서도
땅을 많이 가지면 일이 많아서 즐겁다며
아버지는 아들래미 일 안하는 동안은 물려주지 않고

그래서 원래 주인이 없다고 해도
땅을 많이 가지면 일이 많아서 괴롭다며
아들래미는 아버지 일하는 동안은 물려받지 않고

아버지는 뭣이든 잘 거두는 사람한테 땅이 가야 한다
고 하고
아들래미는 뭣에든 잘 사용하는 사람한테 땅이 가야
한다고 하고
결국 아버지는 논밭을 놔두고 세상을 떠나고
결국 아들래미는 논밭을 넘기고 시골을 떠나고

아들래미는 이웃마을 손아래한테 논밭을 팔았지만
그 손아래가 누구한테 팔지는 모를 일이고
그 누구가 또 누구한테 팔지는 모를 일이고

지주

민둥산을 사들인 도시인들
측량하여 경계마다 말뚝을 박는다
두세 마지기씩 나누어가진 뒤
산등성까지 포크레인으로 밀어붙인다
걸어다닐 밭둑 만들지 않고
양식 거둘 두둑과 고랑 일구지 않고
먼저 널찍하게 찻길부터 닦는다
땅뙈기 물려받지 못해 포한 있으면
뭉개고 짓밟고 뒹굴며 울 일이지
괭이로 갈고 삽으로 파헤칠 일이지
승용차 타고 올라가서 눈 내리깔고 본다
두 마지기 부재지주 세 마지기 부재지주
도시인들 킬킬대다가 돌아간다
민둥산에 비 와서 흙탕물이 말뚝을 쓸어버리면
잡풀들이 지주가 되고 벌레들이 지주가 되어
파종도 하고 난생도 하고 죽는다 그때면
도시인들 와서 밭뙈기 그대로 있는지
경계마다 말뚝 확인하러 돌아다닌다

제3부

사유지

먼 산을 본 적밖에 없는데
앵두나무를 베어내고 가슴이 비어서
시골길 드라이브 갔다가 잠시 내려 먼 숲을 보며
나는 헛기침 몇번 한 적밖에 없는데
집에 오니 풀씨들이 바지에 붙어 있다

새로운 땅을 찾아가려고 했다면
바람 타고 산을 넘어갈 수도 있었을 텐데
새에게 먹혀서 길을 건너갈 수도 있었을 텐데
흙먼지에서 떠나려고 했다면 들쥐에게 달라붙어서
외진 밭 두렁으로 갈 수도 있었을 텐데

담을 넘은 나뭇가지들이
앵두 맺을 땐 몰래 따먹다가 낙엽 떨굴 땐
사유지 침범이라고 삿대질해대는 이웃집에게 화나서
앵두나무 밑동째 싹둑 베어낸 나에게
오고 싶었던 건 아니었을 텐데

풀씨들을 뜯어 손바닥에 올려놓고 망설이다가
앵두나무 있던 자리에다 뿌려놓고 탁탁 밟는다
담 위로 이웃집 얼굴이 쓰윽 올라와
나를 흘겨보고는 내려간다

일개미 한 마리

봄이다 풀들이 곧추서서 푸르러지고 있는 마당,
미나리아재비 줄기를 타고 개미 한 마리 오르고 있다
오르고 있다 무슨 생각이 안 풀리는지 멈추기도 한다
쪼그려앉아 나는 바라다본다 어찌하나 개미는
한 잎사귀 끝에 가서 꼼짝도 않는다 벼랑에 섰을 때
나는 곧장 나아가 하늘로 올라가거나 낭으로 떨어져
일을 하지 않아도 되는 곳에 머물고 싶은 적 있다
저 개미는 어쩌면 두 날개를 가질 수도 있었을 것이다
여왕개미가 되어 결혼비행을 하고 집으로 돌아가
떠받들리며 지낼 수 있었던 때를 놓쳐서 아파하고 있
을까
저 개미는 이제는 나지 않을 두 날개가 몹시 아쉬울
것이다
단숨에 드높은 곳으로 날아가지 못하는 처지를 슬퍼
하고 있을까
나는 되돌릴 수 없는 길을 발길 가는 대로 다 가서
몸이 먹을 것도 마음이 먹을 것도 가져오지 못한 적
있다

아직도 직업을 놓고 있는 나를 잠시 돌아보는 사이에
(내가 직장에서 퇴출당했다는 걸 망각하고 있었다
니!)
벌써 개미는 되돌아 미나리아재비 꽃잎까지 가 있다
저 개미는 제 무리를 위하여 함께 먹이를 구하는 일
보다
제 자신을 위하여 홀로 향기를 맡으러 왔는가보다 지금
쓸쓸히 다니는 건 일개미의 꿈이라고 나는 생각한다
하지만 그런 꿈은 내 경험으로는 늘 가난한 것,
일깨워주고 싶어 미나리아재비를 톡 건드려도 흔들리는
꽃잎에서 떨어지지 않고 개미는 한 걸음 더 나아간다
더 나아간다 무슨 궁리를 하는지 좌우로 움직이는 촉각,
좀 구부정한 촉각으로 아름다운 고독을 발견한 뒤에
마침내 절망할지라도 나는 내 문제로 이해하고 싶다
개미는 미나리아재비 꽃술 속으로 들어가 몸을 감추고
나는 일어나 다시 일을 찾으러 집을 나선다 아! 봄이다

괴로운 수직

누군가를 위해 빌딩이 수직으로 서 있다.
누군가를 위해 엘리베이터가 수직으로 서 있다.
누군가를 위해 전광판이 수직으로 서 있다.
누군가를 위해 전신주가 수직으로 서 있다.
누군가를 위해 도로표지판이 수직으로 서 있다.
그 위에 햇빛이 금화같이 찰찰 수직으로 쏟아지고
좌회전 한국은행 우회전 대한투자신탁 직진 코스닥
누군가를 위한 벤츠 한대가 수직으로 질주한 뒤에도
누군가를 위한 사람들은 수직으로 서 있다.

무언가 찾아올 적엔

서울 콘크리트집 마당에 서 있는 산초나무 캐어
시골 텃밭가에 옮겨 심고 돌아왔다
애초에 산초나무가 왜 날 찾아왔는지는 알 수 없었
지만
밤이면 나란히 앉아 달 쳐다보며 지냈다
그 몇해 동안에 내 눈빛 가져갔었나,
그가 없으니 눈 침침하여 하늘이 흐려 보였다
한철 뒤 시골 텃밭에 가서 말라죽는 산초나무 보다가
무언가 찾아올 적에는 같이 살자고 찾아온다는 걸 알
아차리고는
다시 캐어 서울 콘크리트집 마당에 옮겨 심었다
그날 밤 달 향하여 산초나무와 같이 앉았더니
홀연히 내 눈이 밝아져서 잎사귀에
달빛 빨아들여 빚는 향기도 보이는 것이었다

歌人 乞人

아침부터 추레한 사내는 횡단보도 신호등 아래서
휠체어에 얹은 조잡한 전자오르간을 치며 노래 부르
고 있다
곧장 소음에 묻혀도 반복하는 양손에는 손가락이 없다
소매에서 삐져나온 쇠갈고리 두 개가 건반을 두드린다
사람들의 무능력을 비웃는지 앞에 동냥 바구니도 없다
물끄러미 사내를 보다가 네거리를 건너간다

황사가 누렇게 뒤덮여 도시에 휴교령이 내려진 날
자기계발이 경쟁력이다, 자기계발이 돈이다,는
상품을 파는 게 아니다, 자신을 파는 것이다,는
회사에서 종일 목청 높은 영업교육을 받는다
고층에서 내다보면 바람은 빈틈없이 황사 실어 나르고
행인들이 손으로 얼굴 가리고 어디론가 가고 있다
오늘은 빌딩들도 자기계발을 위해서 흔들린다고
생각하면서 일찌감치 낮은 땅바닥으로 내려온다

이윽고 퇴근하여 횡단보도 신호등 앞에 섰을 땐

건너편에서 사내만 아직 전자오르간을 치며 노래 부르고 있다

눈길 주는 이 없고 귀 기울이는 이 없어도

소매에서 삐져나온 쇠갈고리 두 개가 부드럽게 건반을 두드린다

사람들의 무능력을 즐거워하는 반주다

네거리를 건너서 사내 곁에 두 손 모아 내밀고 서 있고 싶다

겨울 시내버스

버스를 타고 노약자석에 몸 부리고
햇살 속으로 졸며 가는데
정류장마다 승객들 내리고 타고 내리고 타고
마음은 목적지를 잊고 가물가물
아득한 동네에 닿고, 눈 깜짝하는 사이에
스무 살 먹은 나는 풀섶에 서서 빳빳한 자지를 꺼내
오줌 누다가 풀죽으면 그 기운으로 사추리도 안 여미고
산봉우릴 하나 버쩍 들고 멀리 갖다놓고 되오고,
그 허허한 땅 종일 삽질하여 일구면서
아카시아숲 산모롱이 돌아보며 발이 예쁜 계집을 기
다리고,
  곁눈질할 적마다 놀라 화다닥화다닥 피우는 하이얀
하이얀
  꽃 눈부셔 바라보다가,
  행선지를 아예 잊어서 행선지를 아예 잊어서
  차창 밖 눈 쌓인 북한산 자락을 게슴츠레 쳐다보다가
  조심조심 빙판길 걷는 행인들을 힐끔거리다가
  얼른 고개를 떨구고 노약자석에 묻혀서

따스한 햇살 속으로 따스한 햇살 속으로

가는 대로 가다가 열 살 먹으면 아카시아 꽃송일 따서 씹어먹고

가는 대로 가다가 한 살 먹으면 어머니 젖꼭지를 꼭꼭 깨물어

이노무 자식, 철썩, 이노무 자식 보레이, 철썩철썩,

볼기짝 맞을수록 질근질근 물고 흔들고,

버스가 천천히 종착지를 향해 가다 서고 가다 서는 동안

꺼물꺼물해진 나는 뱅싯이 웃다말다 웃다말다

회사원

상사에게 불려가 매출 낮은 이유를 추궁당하는데
등이 따끔거렸다
부하직원들 모아놓고 매출 낮은 이유를 추궁하는데
가슴이 따끔거렸다
가려워 손 넣어 긁다가 종일 사표를 끼적거리다가
집에 돌아와 러닝셔츠를 벗어 뒤집어 살펴보았다
개미 한 마리가 겨드랑이 이음매에서 기어나온다
이 개미는 언제 어디서 내게로 옮겨왔을까
외근중에 다만 공원에 잠시 들러서 쓸쓸해했을 뿐인데
벤치에 떨어진 과자부스러기를 물고 가다가 건너왔
다면
그 감미로운 냄새론 제 배를 채울 수 없다고,
그늘을 드리워주던 느티나무에게서 건너왔다면
그 껍질에서 제 영혼을 맑게 할 수액을 얻을 수 없다
고,
판단했을까 나한테서는 무얼 구하려고
하필 그때 물어뜯었을까 이 개미도
많은 먹이를 물어올수록 더 많은 먹이를 물어오기를

닦달당해

　제 일족을 떠나서 나에게까지 왔나보다

　나도 이젠 회사를 떠나고 싶으니

　개미에게 줄 수 있는 것은 다만 무심뿐이다

　어쩜 어젯밤에 웅크리고 뒤척이던 나를

　제 모양새 같아 보여 숨어들었는지도 몰라서

　나는 개미를 잡아 베란다 바닥에다 살며시 내다놓았다

　밤새 제 일족을 찾아가지 못하면 이 개미는 영역 침범으로

　다른 개미 족속에게 잡혀 죽는다는 걸 알면서도

고층아파트

먼 산이 보기엔 밤에 엘리베이터는 내려올 줄 모른다

같은 시각 같은 위치, 주방에 서서 수천 명의 여자가
밥상을 차리고

같은 시각 같은 위치, 양변기에 쪼그리고 수천 명의
남자가 똥을 눈다

먼 산이 보기엔 밤에 엘리베이터는 내려올 줄 모른다

같은 시각 같은 위치, 소파에 앉아 수천 쌍의 부부가
티브이를 보고

같은 시각 같은 위치, 침대에 누워 수천 쌍의 부부가
성교를 한다

먼 산은 끔찍해져서 자신도 그런가 싶어 살펴보면

산자락에는 작은 나무들이 있고 산꼭대기에는 큰 나
무들이 있고

나무들은 서로 피하여 다른 쪽으로 가지들을 뻗어 있
는데

새들은 저마다 다른 날개를 접을 수 있는 크고 작은
집에 들어 있다

어떤 산은 치솟아 있기도 하고 어떤 산은 펑퍼짐하게

있기도 하고

  또 어떤 산은 아예 딴전을 피우며 동그마니 있기도
한다

  먼 산이 보기엔 아침에 수천 명의 아이들을 부려놓은
엘리베이터는

  간밤 엎치락뒤치락하던 수천 명의 남녀들의 오르가슴
을 싣고

  낮에는 위로 위로만 솟구쳐 올라간다

  먼 산은 그들을 보면서도 상대적으로 낮아지는 자신
은 못 본다

금낭화 꽃 피던 날

금낭화 뿌리가 금낭화 줄기에게 물었다

뜰안 담벼락에 사타구니 벌리고 서서
오줌 누고 탈탈 털어도 뻐근한 날엔
정낭에 봄의 빛들을 스며들게 하면
주름살 보며 우울해하는 여자일랑 놔두고도
사내는 저리는 오금 견딜 수 있지 않을까.

금낭화 줄기가 금낭화 뿌리에게 물었다

는개 내리는 날 사내가 처마 끝에 서서
오줌 누려고 바지 내려 정낭을 꺼내면
봄의 빛들이 쏟아져나와 사분거릴 테니,
그중에서 분홍빛 한 줄기만 골라주면
지분거리지 않아도 여자는 흥분하지 않을까.

벌레집과 참새똥

목련에 참새들 날아들어
빈 나뭇가지에 지어진 벌레집들 부리로 쫀다
낡은 집 바깥에 나앉아 종일
목련 한 그루 바라보다가
참새들 언제 몰려오는지 궁금해하면
빈 나뭇가지들 휘어졌다가 펴지고
나는 더 움츠러든다
중년의 긴 실업을 견디는 추운 날들,
참새들 날 보며 고개 갸웃거리며 날아간 뒤면
외려 벌레집들 많아 보여
나도 고개 갸웃거리며 살펴보면
싸댄 똥들이 벌레집들처럼 덕지덕지 붙어 있고
내 들어가 누울 집이 조금 금가 있다
빈 나뭇가지들이 흔들린다
벌레집들 쪼아먹힐 때 생긴 생채기가 아픈가
참새똥들 때문에 부스럼 올라서 근지러운가
마침내 목련에는 망울들이 몽글몽글하고
나는 무엇으로 또 한 해를 버티나,

집 한 채 지어보는 것

낡은 슬라브집 마당귀에
개나리가 가지가지 휘어져 있었다.
부부가 이 집에 몸 부린 지 오래,
멀리 노년을 짚어보며 소망하였다.
태어나 남이 지어놓은 집 속에서 지내다가
죽어서 또 남이 파주는 무덤 속으로 가기 전에
손수 집 한 채 지어서 들고 싶다고.
그날부터 작은 새 두 마리가 날아들었다.
개나리가 샛노란 꽃들을 피우던 봄,
한 마리가 이 가지로 포르릉 또 한 마리가 저 가지로
포르릉, 한 마리가 저 가지로 옮겨 앉으며 재잘재잘 또
한 마리가 이 가지로 옮겨 앉으며 재잘재잘, 아리아리
한 작은 새 두 마리가 꽁지를 까딱거리며 꽃구경하는
부부를 힐끔거렸다.
날마다 보고 듣고 날마다 듣고 보니
스스로 둥지 짓고 사는 새가
집 한 채 지어보지 못한 자신들을 비웃는 것으로 들
렸던지

사람 손이 닿지 않는 곳에 새가 집을 짓는다는 걸 몰랐던 부부는

　개나리꽃 지자마자 가지를 쳐내었다.

　그날부터 작은 새 두 마리는 다신 날아들지 않았다.

　부부가 집 한 채 짓기를 간절히 소망할 적마다

　먼저 마당귀가 허물어지고

　낡은 슬라브집에 금이 갔다.

봄비 며칠

옆집 노인네가 이사 가면서 옹기를
마당 귀퉁이 복사나무 아래 눕혀놓았다.
나는 오종종한 옹기를 본체만체하고
할일 없이 오며가며 나뭇가지만 쳐다보았다.
마음 허허한 지 오래여서 꽃망울이 맺히면
헤벌쭉 벌어지게 하고 싶었다.
밤에 무릉도원 가는 길을 꿈꾸며
휘청거리는 아랫도리를 잠잠히 눕히면
흰 꽃은 밤 지새워 화르르 피어나는지
아침에는 꽃향기 가슴에 차올라 나는 잠깨곤 했다.
옆집에 노인네가 살고 있었다면 코 벌름거리며 옥상
에 올라
저승에서 이승 내려다보듯 아득하게 봤을 거였다.
나는 복사나무에게 마음 내어주고 떠나
할일 찾아 떠돌다가 빈손으로 집에 돌아왔다.
그 사이 봄비가 얼마나 내렸던가,
복사꽃들이 떨어져 옹기에 쌓여 있었다.
꽃잎을 한장씩 한장씩 줍는데
고층아파트로 이사 간 옆집 노인네는 소식 없었다.

편안한 擬態

고층빌딩의 매일매일은 의태로 시작한다.
비엠더블유 타고 온 오너는 운동 삼아 계단을 오르
지만
소나타를 타고 온 간부는 눈치 삼아 계단을 오르고
지하철을 타고 온 사원은 시늉 삼아 계단을 오른다.
사무실이 같고 책걸상이 같고 유니폼이 같아서
상사가 알아서 기면 부하도 알아서 기고
부하가 빙그레 웃으면 상사도 빙그레 웃는다.
여자직원은 남자직원만큼만 수치스러워하고
남자직원은 여자직원만큼만 감격스러워한다.
중심을 가졌거나 안 가졌거나
내 것을 적게 주고 남의 것을 많이 받아내려는 즐거
움도
똑같아서 불평하거나 감사하는 말투도 서로 똑같다.
고층빌딩은 유리창이 모조리 사람들과 똑같아서
안에서는 밖이 보여도 밖에서는 안이 안 보인다.

제4부

落果

굴참나무가 사랑을 하던 날에는
이저 봉우리에 산길들이 훤히 트여
벌레도 바람도 다가왔다
해가 뜨고 해가 뜨고,
봄이었다
굴참나무가 나뭇가지에 무수한 방을 만들어
암수꽃들을 들게 하니 온기가 퍼져나왔다
벌레가 슬며시 들러 기웃거려도
바람이 은근슬쩍 멎어 흔들려도
굴참나무는 빈 방 하나 내주지 않았다
무수한 방마다 햇빛을 비쳐들게 하여 달구었다가
빗물을 흘러들게 하여 식혔다가 되풀이했다
벌레가 꽃향기 진한 과실나무를 찾아서 떠나고
바람이 꽃가루 많은 꽃나무를 찾아서 떠난 뒤로
암수꽃들이 수분을 하고 훈김을 다 뱉어내자,
이 산 저 산에 틔어 있던 산길도 뚝뚝 끊기었다
해가 지고 해가 지고,
가을이었다

굴참나무는 무수한 방을 열어보다가

그 안에 들어앉아 빤히 쳐다보는 자기 자신에게 놀라서

그만 나뭇가지를 흔들기 시작했다

맹인식물원 가는 길

운전을 조심하라구?
노거수(老巨樹)가 다친다구?

사람이 먹지 못하는 열매를 맺는 전나무의 슬픔을 알
아서
잣나무는 잣을 툭툭 떨어뜨리고,
사람이 밟는 낙엽을 만들지 못하는 잣나무의 슬픔을
알아서
상수리나무는 잎사귀를 우수수 떨어뜨리고,
사람이 올려보지 않는 우듬지를 가진 상수리나무의
슬픔을 알아서
은행나무는 노랗게 단풍들고,
사람이 한 색깔에만 물들지 않는다는 걸 헤아리는 은
행나무의 슬픔을 알아서
단풍나무는 붉게 단풍든다고 하네.

신록도 조락도 못 보는
눈먼 이의 슬픔을 아는

나무를 찾아가네.

나무도 싫으면 밀어낸다는 걸 알지 못하는 눈먼 이의
슬픔을 알아서
누리장나무는 잎사귀에 누린내를 내고,
나무도 괴로우면 속이 상한다는 걸 모르는 눈먼 이의
슬픔을 알아서
소태나무는 가지에 쓴 맛을 내고
나무도 아프게 하면 찌른다는 걸 알 리 없는 눈먼 이
의 슬픔을 알아서
노간주나무는 만지면 껍질이 따끔하고
나무도 기쁘면 흥분한다는 걸 못 느끼는 눈먼 이의
슬픔을 알아서
서양측백나무는 향기를 낸다고 하네.

차에서 내려 걸으면
누구도 오르지 못하는 높은 허공에 가지를 내걸고
스스로 그늘을 깔아서 길바닥에 슬픔을 내려놓는 노

거수,

　발길을 더듬거리네.

배꼽꽃

어머니의 어머니의 어머니의 수수 많은 어머니들이
한 송이씩만 내려주고 자식의 자식의 자식의
수수 많은 자식들은 한 송이씩만 내려받는다
어머니가 주고 자식이 받을 때 홀로 피어나는
그 꽃은 뿌리를 울음 속에 뻗는다
헐어 피고름 고여도 눈물을 길어올리며
피와 살 엉겨 아름다운 꽃부리를 맺는다
이윽고 그 꽃은 떠돌다가
곤충이 와서 깊이 더듬이를 박으면
온몸 떠는 것들에게로 기울어지고
바람이 암술 수술을 비비며 지나가면
온몸 흔들리는 것들을 끌어당긴다
세상의 중심에 머물러 그 꽃이 활짝 피어나면
가슴 메마른 사람 아닌들 기뻐 울지 않으랴
자식의 자식의 자식의 수수 많은 자식들이
한 송이씩만 내려받든 어머니의 어머니의 어머니의
수수 많은 어머니들이 한 송이씩만 내려주든
그 꽃을 받들고 서 있지 않을 수 없다

모르는 것

나무와 나무가 너무나 멀리 떨어져 있는데도
어린 나무들이 왜 자라나 있는지 모르는 걸 보면
우리는 숲들이 관계하는 법을 모르는 거다
아비는 언제 아들이 태어나고
아들은 언제 아비가 돌아가시는지 알지 못하는 걸 보면
우리는 시간들이 관계하는 법을 모르는 거다
1954년의 생이 2003년의 생에게
50년간을 위임하지 않고 하루하루 살아오고
이후의 하루는 이전의 하루에게서 건네받은 것들 중에서
슬픈 것들만 하염없이 놔두는 걸 보면
우리는 생들이 관계하는 법을 모르는 거다
암수 잠자리가 교미한 채로 어떻게
날개를 똑같이 저어 속도를 지킬 수 있는지
햇빛이 저녁을 모으는지 저녁이 햇빛을 물리치는지
한밤내 달은 세상이 다 보여서 떠 있는지 안 보여서 떠 있는지
이쪽과 저쪽에 무슨 사건이 일어나는지

환율과 주가와 부동산 중 뭐가 폭등하는지 폭락하는지
누가 더 가난해지고 누가 더 부자가 되는지
우리가 죽을 때까지 모르는 것이 많다는 것은
그만큼만 잘 남겨두고 잘 죽는다는 건가

무엇보다도 둥근 것

마늘 한 쪽 찧으려고
도마 위에 올려놓고
식칼을 들고 똑바로 세워
손잡이 밑을 똑바로 내리친다

먹을거리 중에서 찧어 먹는 것은
거개가 둥그스름하여서
많이 찧을 땐 절구통에 넣고
공이를 직각으로 내리쳐야 평평하게 다져진다
정점을 가격해서 부수어야 한다
각도가 조금 기울면 튀어나가버린다

마늘 찧으면서 생각해보면
가격할 때 잘 튀는 것은 둥글다
둥근 것은 공 둥근 것은 엉덩이 둥근 것은 가슴
무엇보다도 배가 고파 쓰린 마음은 속이 둥그렇지만
누군가가 살짝 쳐도 튀지 못하고 파삭 금이 간다

녹음

오랜 뒷날에
나무는 나무 그리워 잎 돋아내고
봄날이 맑다
한 나무와 다른 나무가
제각각 숨을 할딱이는 동안
사람들은 가슴도 아랫도리도 흥건해진다
이런 땐 신들도 흥분해서 떠도는가
향기가 너무 빨리 퍼진다
신록이 너무 빨리 번진다
한 나무와 다른 나무 사이
신들이 머무는 자리를
사람들이 먼저 차지하고 서로 몸을 주고받는다
봄날이 뜨거워진다
신들도 간섭하지 못하는 사람들의 일이 있고
신들도 바꿀 수 없는 나무들의 관계가 있으니
한철 오랜 뒷날에는
나무가 나무 그리워하다 잎사귀 키우고

공동묘지

나는 죽으면 아버지 곁으로 오지 못할 것이다.
아버지는 산으로 나를 이끌지만
나는 아버지가 살아내지 못한 다른 사람이 되었으므로
아버지와 나를 이어놓는 법을 모른다.
한 능선이 올라와 산정을 이루고 내려가면
다른 능선이 얼른 치받고 올라와
더 높은 산정을 이루고 다시 내려가고,
그렇게 시작하고 그렇게 끝나는 생을 하루종일 바라
본다.
아버지의 시대에는 식민지의 총칼과 전쟁이 있었고
나의 시대에는 채 끝을 못 본 혁명과 피의 눈물이 있
었지만
아들의 시대에는 즐거운 자본과 네트워크가 늘 있다.
내가 살아내지 못한 다른 사람이 되는 아들은
저와 나를 이어놓는 법을 알까?
서로를 살아내지 못하는 다른 사람이 되었으므로
아버지의 무덤에 와서도 말이 없는 나와 아들은
죽어서 같은 사람이 된다는 걸 끝내 허용하지 않는다.

이제 나를 놓아버리고 산그늘처럼 내려가야 하는 시간을 맞았다.

나는 아들 곁에서 죽지 못할 것이다.

바람 부네

먼저 가신 아버지 곁에 어머니 묻은 여름 한낮,
형제들은 밥그릇 들고 무덤가 그늘을 찾아가고
나도 소나무에 몸피 대고 앉아 점심을 먹네
살아생전 아버지가 거두어 찧은 곡식으로 밥을 한
어머니는 밥상 차려놓고 자식들 둘러앉히더니
죽어서도 불러모아 밥 먹는 모습을 봐야 미쁘신가
잎사귀가 흔들려서 허공을 건드리네
잎사귀를 흔드는 나뭇가지는 어디서 흔들려오는가
나는 흔들리는 나뭇잎 하나를 보면서
지상에서 가장 아픈 사람은 한숨만으로도
숲을 흔들 수 있다고 믿은 한때도 있었거니,
무덤 속에서 어머니가 오랜만에 아버지 만나서
반가운 김에 멈췄던 숨을 휴우 내쉬는 통에
옆에 있던 나무뿌리들이 놀라서 나뭇가지들 흔드는가
조금씩 금가던 허공이 와르르 무너져갈 때
잣나무 아래 앉은 늙은 맏이는 눈물을 글썽이고
그 옆에 젊은 막내는 수저 든 채로 졸고
상수리나무 아래 모여 앉은 가운데형제 셋은

제각각 다른 데 바라보며 말없이 꾸역꾸역 씹어 삼
키네
　나는 자꾸 목이 메어서 먹다 말다 먹다 말다 하는데
　나무가 흔들리네 소나무도 잣나무도 상수리나무도 흔
들리다가
　허공이 다 무너진 뒤에야 무덤 둘레에 그늘을 널따랗
게 내려놓네
　어머니와 아버지가 마지막으로 자식들 편케 밥 한번
먹이려고
　산지사방 뻗어오는 잔뿌리들에게 사정사정 하여서
　나무들이 자신들은 한번도 앉지 못한 그늘도 흔들어
대는가

비 오는 날

비 오는 날 처마 아래 앉아 바라보네
금낭화 잎에 떨어진 빗방울은 구르다 떨어지고
두충나무에 떨어진 빗방울은 곧장 흘러내리네
연주자를 꿈꾸는 아들이 치는 재즈 드럼소리 새어나오고
중학생 딸은 침대에 누워 이불 뒤집어쓰고 잠들었을까
부엌에서 철판에 옥수수기름 번지는 냄새가 흘러나오네
저 빗줄기 사이로 내가 왔는지도 모른다는 생각이 드네
아들 방에 방음 공사를 해준 게 작년 이맘때던가
재작년 이맘땐 딸에게 커서 무엇이 될 거냐고 물었던가
재재작년 이맘땐 아내더러 나 죽으면 혼자 적막해서
어째 살 거냐고 물었다가 어떤 핀잔 듣고 맘 상했던가
앵두나무 적시며 빗방울은 잎사귀 사이를 건너고
전나무 적시며 빗방울은 윗가지에서 아랫가지로 내려
앉네
그 옆에 십 년도 더 묵은 개나리가 벌레에게 갉아먹
혔는지
줄기만 남아서 빗방울도 받지 못하는 걸 이제 발견하네
저기에 와서 가지를 뻗어내기 전에는 어디서 무얼 했

을까

　그 적에 이미 날 알아봤다가 훗날 찾아와 머물게 되었을까

　금낭화도 두충나무도 앵두나무도 전나무도 만난 기억이 없네

　그보다 더 수십 년 전 미리 날 알지 못했을 아내와 아들딸은

　어디서 무얼 하다가 내게 와서 오늘은 저렇게 요요한가

　이제 빗방울은 나무들 속으로 스며들어 녹음을 만들고

　아내는 파지짐 구워 쟁반에 담아 아들딸 부를 텐데

　저 빗줄기 사이로 내가 왔는지도 모르니

　저 빗줄기 사이로 나는 가야 할지도 모른다는 생각이 드네

어머니 돌아가시기 전에 왜 날 보고 웃으셨을까

내가 막 돋아나는 새순을 보고 껍질 속에 들어가
새로 태어나고 싶어하는 것을 어머니 살아 계셔서 보셨더라면
오냐 그래라, 원래 넌 나무의 자식이었다, 하셨을라나
내가 황사 불어오는 날에 가슴속 깊은 한숨으로
수풀을 휩쓸고 싶어하는 것을 어머니 살아 계셔서 아셨더라면
오냐 그래라, 원래 넌 바람의 자식이었다, 하셨을라나
짙푸른 녹음을 아끼시면서도 서늘한 그늘에는 들지 않으시던 어머니
내가 철 바뀌면 산에 올라 애벌레로 탈바꿈하여
나뭇잎들 다 갉아먹고 싶어하는 것을 살아 계셔서 짐작하셨더라면
그래, 그렇겠지, 넌 초록의 자식이 아니라 원래 죽음의 새끼였으니, 중얼거리셨을라나
어머니 돌아가신 후에 이 내림병 도질 줄 짚으셨기에
한달 열흘 투병 중 한나절만 정신 차리시고 날 보고 싱긋이 웃으셨을까

무덤 하나

어미는 가만히 누워서
아비가 수의를 벗겨주기를 기다렸지만
손도 잡아주지 않았다
혼례를 치르고 신방 든 첫날밤에도
옷고름 풀어주지 않더니
죽음으로 만나도 부끄러웠던지
사지삭신이 굳어져버렸다
이승에서는 아비 어미 동품하여
자식을 울며 태어나게 했어도
저승에서는 아비 어미 동품하여
자식을 울며 죽게 하고 싶진 않았을까
장례를 치르고 합장한 오늘
아비와 어미가 다시 첫날밤을 맞는데
아직 해가 저물지 않았는가
살아서나 죽어서나 알몸 쳐다보기 부끄러웠던지
무덤만 둥그렇게 둥그렇게 커져 있었다

귀향 점심

참꽃 지고 붓꽃 피어 있는 봄날,

고향에 모여서 형제들이 늦은 점심 든다. 정육점에
앉아 불고기를 한점씩 씹으며 조금 전 성묘했던 아버지
나 할아버지 살아 계셨을 적 얼굴을 하고 한평생으로
점심 든다.

봄빛 휜하다.

형제들이 목청 높이니 너른 비탈밭이 콩꽃 미영꽃 감
자꽃 피워오고, 수백리 피난길 갔다 와서 지었다던 기
와집이 뒤뜰 포도나무 감나무 다 데리고 온다. 정육점
안이 가득 차서 들어오지 못하는 내 유년시절은 장바닥
에 어슬렁거린다.

젊은 어머니가 장바구니 들고 장 보는 사이 어린 나
는 쇠전 기웃거리며 위낭소리 황소들 구경했던가. 철버
덕 쇠똥 싸던 무녀리들이 되새김질할 적에야 배고파진
나는 국밥집 가마솥 앞에 서 있었던가. 그때 어머니가
등 떠밀고 들어가 소고기국밥을 사주셨던가. 생각해보

는데, 어떤 형제는 실업자 되고 어떤 형제는 봉급쟁이
되고 어떤 형제는 은퇴자가 되어 와서 왁자지껄 불고기
를 서로 건넨다.

참꽃 지고 붓꽃 피어 있는 봄날,
떠난 지 수십여 년 만에 고향에 온 형제들이 정육점
에 앉아 늦은 점심 든다. 이미 아버지가 되고 할아버지
가 되었는데도 아잇적 얼굴들을 하고 한평생으로 점심
든다.
봄빛 훤하다.

옛집에 와서

너는 휘둥그레진다
마당에 서서 팔 펴보곤 좁아서 기우뚱거리고
처마 쳐다보곤 낮아서 고개 움츠린다
뒤란에 감나무 없어 자꾸 기웃대고
닭장 있던 두엄자리 찾아가서는 몰래
날계란 깨먹던 생각 났는지 킥킥 웃다가 돌아선다
그때쯤이면 너는 눈물 글썽인다
낯선 주인이 수상쩍어 다가와도
아이 때 떠났다가 늙어 찾아온
옛 주인의 자식이라고 말 못하는 네가 보기에도
이 집에게 벌써 잊혀진 건 네 자신임을 알게 된다
너를 알고 있는 건 지나간 시간뿐이니,
저물녘이면 마당 쓸던 아버지가 안 계셔서 참 쓸쓸할
것이다
국 끓이려고 닭 모가지 쳐 감나무 아래서 피 빼던
어머니가 안 계셔서 참 외로울 것이다
재 치우고 불 지펴 물 끓이던 가마솥 아궁이 앞에
어린 네가 없어서 도무지 까마아득할 것이다

그날 타다 남은 참숯으로 정지 회벽에 꾹꾹 눌러쓴
시 한구절이라도 남아 있으면 좋으련만,
이제는 마음 한 채로만 서 있는 옛집을 보고
너는 떠나고 만다

살 만한 곳

죽음의 몸이 가까이 내려오다가
내 품이 더 커서 가만히 멈추면
나는 포근하게 죽음을 둘러쌌지
그러면 죽음은 일생을 견고하게 버틴 관절부터
우두둑 풀고는 목 힘도 빼고 팔다리도 펴고
배꼽도 풀어서 기운을 올려주었지
그러면 나는 땅 위로 둥그렇게 솟아올라서
죽음이 세상에 부딪치고 넘어지고 일어서다 생긴
모난 성질을 하늘에 가깝게 둥글둥글 깎아줬지
그러면 죽음의 몸은 내 품에서
생전의 인연을 잊어버리기 위해 살의 구멍마다
눈물도 진물도 핏물도 쏟아내고는 텅 비고
마침내 더 작아진 죽음을 내가 포옹하면
비로소 넋이 돌아서 뗏장이 푸르러졌지
그러면 죽음이 말했지, 살 만하기는 무덤 속이 살 만
하군

제5부

결구배추

다 자라난 배추에 견주어보면
나는 안이 너무 비어 있다
가장 거친 겉잎이 애초에는
가장 연한 속잎이었다는 사실을 떠올리면서
젊은 날 오류를 알고도 부리던 성질을
나잇살 먹어도 삭히지 못하는 내가 부끄럽다
배추벌레가 배추흰나비 될 때까지
얼마나 갉아먹힌지도 모르면서
배추는 자꾸 새로 고갱이를 돋아내어
묵은 잎사귀를 여러 겹으로 겹치며
둥글게 둥글게 속을 다졌는데,
나는 일기장에 참회의 문장을 남기지 못하고
빈 공책갈피 넘기듯 생을 넘기며
일찌감치 한 권의 표지를 뜯어버렸다
배추는 저렇게 결구(結球)를 마치고 나서도
아직 속에 만들지 못한 것이 있나보다
찬 비바람을 맞고서도 쓰러지지 않는다
그 속에도 빛과 어둠이 있어서

낮이면 씨 맺을 꽃대를 준비하고
밤이면 멈추어서 조용하게 쉴까
잎사귀들로 닫혀버린 배추의 내부에서
무엇이 일어나는지를 나는 모르고
무엇으로도 채워지지 않는 내 안을
날마다 가만히 들여다본다

겨울 숲

은행나무 우거진 겨울 숲속으로 가니
잎들 다 진 나뭇가지들이 위로만 향해 있었습니다
고개 들고 생각하기를
나무는 누구의 권화(權化)일까
내가 은행나무였더라면
푸른 잎사귀에서 노란 잎사귀로 물들 때까지
여러 색깔의 잎사귀들을 감춰둘 수 있었을까
내가 은행나무였더라면
하늘로만 곧은 가지를 뻗어 올려놓고
여러 모양의 나뭇가지들을 감춰둘 수 있었을까
한 생각에 마음 한겹 벗으니 껍질 속에 숨겨진
잎사귀들의 여러 색깔과 나뭇가지들의 여러 모양이
보였습니다
고개 숙이고 또 생각하기를
나는 무엇의 물화(物化)일까
은행나무가 내쉬던 숨결이 나였더라면
신록을 퍼뜨리며 온 누리를 누비다가 돌아와
잎사귀에서 조용히 삭아져버렸을 것이었습니다

은행나무가 삭히던 울음이 나였더라면
알 슬어놓고 죽던 곤충들에게 눈물을 흘려주고는
나뭇가지 끝에서 말라버렸을 것이었습니다
이런저런 생각에 마음 겹겹 벗겨지니
속에다 색 바랜 잎사귀들과 흰 나뭇가지들을 키운 내
가 보였습니다
은행나무들도 보고는 뭔가 생각하는지, 부스럭부스럭
겨울 숲속에 부스럭대는 소리가 퍼지고 있었습니다

계절병

오래 살아온 대추나무는 잎들이 오갈들었다
나는 대추나무 위로 올라가 톱으로 가지를 베었다
녹음의 기억을 없애주려는 게 아니었다
이리저리 차지한 허공을 빼앗으려는 게 아니었다
아프지 않게 숨을 거두게 해주고 싶었다
잘라낸 나뭇가지를 쌓아놓은 그날 밤
내 가슴팍에 붉은 반점들이 생겼다
껍질에 기생하던 먼지곰팡이들이 살로 옮겨오자
비로소 모르고 있었던 나의 지병이 훤히 보였다
언제부턴지 내 몸속으로 걸어들어온
대추나무 한 그루, 꽃 피우지 못하여
다른 이 몸속으로 건너갈 길을 찾아다니고 있었다
날마다 내 온몸으로 붉은 반점들이 번졌다
봄이 깊어지자
대추나무는 밑동부터 다시 새잎을 뾰족이 내밀었다
먼저 베어져 땅에 조용히 누워야 하는 건
오래 서 있던 대추나무가 아니었다

미나리는 미나리고 미나리아재비는 미나리아재비고

미나리는 미나리
미나리아재비는 미나리아재비

그는 땅에서 물로 들어가 미나리가 됐는지
의심하나마나

그는 물에서 땅으로 나와 미나리아재비가 됐는지
의심하나마나

미나리는 미나리잎 피우고
미나리아재비는 미나리아재비잎 피우고

한 생이 어디론가 가
그는 두리번두리번

누가 살고 있기에

새가 와서 잠시 무게를 부려보기도 하고
바람이 와서 오래 힘주어 흔들어보기도 한다
나무는 무슨 생각을 붙잡고 있는지 놓치는지
높은 가지 끝 잎사귀들 떨어뜨리지 못하고 있다
잎이 다 시드는 동안 나무는
가슴을 수없이 잃고 찾고 했나보다
그의 둘레가 식었다가 따스해졌다가 반복하는데
내가 왜 이리도 떨릴까
아직 가까이하지 않은 누군가의 체온 같기도 하고
곁으로 빨리 오지 못하는 누군가의 체온 같기도 한
온기가 나를 감싼다
그의 속에는 누가 살고 있기에
외롭고 쓸쓸하고 한없이 높은 가지 끝에
잎사귀들 얼른 떨어뜨리지 못하도록
그의 생각을 끊어놓고 이어놓고 하는 걸까
나무가 숨가쁜 한 가슴을 꼬옥 꼭 품는지,
나도 덩달아 가슴이 달떠지는 것이어서
내 몸속에도 누가 살고 있기는 있는 것이다

가만히 서서 나무를 바라보는데도 나는
무슨 생각을 그리움처럼 놓쳤다가 붙잡았다가 하고
여전히 그는 잎사귀들 떨어뜨리지 않고 있다
새가 부려두고 간 무게를 견뎌야 생각이 맑아지는지
바람이 흔들어대던 힘을 견뎌야 생각이 맑아지는지.

관계

상관없다고? 상관없다고? 상관없다고?

낮과 밤이 합쳐지고 나뉘면서 빚어낸
일십백천만의 빛깔 중에서
단 두 가지 밝은 빛과 어두운 빛만 취했다
풀이나 꽃이나 나무가 갓 돋아나
시시때때로 지닐 빛깔은 가만히 놔두었다
이만하면 난 세상에 빛깔을 많이 남겨놓지 않았는가

상관없다고? 상관없다고? 상관없다고?

집 지으려고 땅바닥에 기둥 박지 않았고
빈 손 내밀고 나가 거리를 차지하지 않았고
나물 훔쳐먹으려고 들판을 밟지 않았다
뭇 짐승이나 곤충이나 새가 갓 태어나
시시때때로 디딜 땅은 가만히 놔두었다
이만하면 난 세상에 땅을 많이 남겨놓지 않았는가

상관없다고?
상관없다고?
상관없다고?

지팡이였다가 몽둥이였다가

병든 대추나무 베어내다가
나뭇가지 하나 골라내었다
내가 병들어 비틀거리기 전에
지팡이를 만들어놓고 싶었다

오래 낡은 집에서 같이 오래 산 대추나무는
더 오래 늙을 나를 미리 알고 지팡이 삼게 하려고
오직 한 나뭇가지만 곧고 굵게 뻗으려다가
대추알을 맺지 못하였던 걸까

다리에 나뭇가지 재어본 뒤
손으로 잡기에 맞춤하게 잘랐는데
높이가 더 낮아져서 짚을 수 없었다
왜 오차가 생겼는지 어리둥절해하다가
이처럼 늘 생의 오류를 저지르고도 모르던
나를 때릴 몽둥이로 만들면 되지 싶었다

오래 낡은 집에서 서로 오래 본 대추나무는

더 오래 잘못할 나를 일찌감치 꾸짖고 싶어서
오직 한 나뭇가지로만 남아 몽둥이 되어주려고
잎마저 피우지 못하였던 걸까

지금 단 한 나뭇가지만 남겨두고
대추나무는 그 많은 가지들 다 버리었다
나를 가르치려고 선수쳐서 환골탈태한 대추나무
나는 한 나뭇가지를 세우고 가만히 이마 대었다

빈 돼지우리

주인이 떠난 낡은 블록집에는
뒷산 그림자가 내려오지 않았다

슬레이트 지붕 한 귀퉁이가 주저앉은
돼지우리 안을 작은 민들레 하나
가까이 옮겨앉아 들여다보려고 애쓰다가
그만 꽃을 피웠다

오랜 날 비어 있어야 했던 돼지우리
서까래가 썩어 그 속에서 알 깬
애벌레들이 기어나와 민들레를 갉아먹었다

해마다 봄부터 뒷산에는
햇빛과 바람이 몰려와 득시글거리고
낡은 블록집에는 새들이 찾아와 종일 벌레를 쪼았다

주인이 있었으면 저 광경 보고 반색했으련만
죽통 깔고 앉아 적빈의 일편시(一篇詩)

돼지우리 바닥에 막대기로 쓰고 지우던 마흔아홉 살,
뒷산을 넘어간 뒤로는
뒷산 그림자가 내려오지 않았다

一篇詩

그는 좋은 시인이 아니라는 걸 아는 데
시력 삼십 년이 채 안 걸렸다

그가 쓴 시편은 시집으로 나왔지만
초판이 팔리는 데는 삼십 년이 다 걸렸다

운율을 미처 끝내기도 전에
세월은 속절없이 흘러가버렸고
그는 물살을 헤쳐나온 수캐같이 겨우 살아남아서
헐떡거리며 입속말을 혼자 우물거렸다
청년의 그는 시로써 찬란한 혁명을 꿈꾸었고
장년의 그는 시로써 초라한 적멸을 꿈꾸었다,고

한 시대가 내려앉고 다른 시대가 솟아오르던 순간에도
새벽을 가르는 파발마처럼 건너뛰지 못한 그를
독자가 좋은 시인으로 평가하지 않는다는 걸 아는 데도
시력 삼십 년이 채 안 걸렸다

그의 시집은 혁명의 함성도 적멸의 고요도 사라진 채
서점 한 귀퉁이에 또 삼십 년간 꽂혀 있을까

길이 별로 없었다

너는 책갈피에 끼여서
사상을 배웠다
너는 책 틈에 끼여서
활자를 따라왔다
네가 지나온 이상과 현실에는
가고 싶은 길이 별로 없었다

공책과 공책 사이로 보이던 길은 적멸에게로 가고
볼펜과 볼펜 사이로 나타나던 길은 피안으로 가고
파지와 파지 사이로 놓이던 길은 절망에게로 가고
너에게로 왔던 길은 무엇과 무엇 사이로 왔던가
미완성과 완성 사이에서 혁명은 이제 보이지 않는 길
이었고

너는 길을 버리고 길에 갇혀서
이념을 잃었다 미련하게
너는 길을 이고 길을 떠돌며
무변을 얻었다 비통하게

이 뼈아픈 상황에서 나는 걸어나갔다
네가 여러 갈래 길을 육화하여
땅바닥에 누워 나를 그윽하게 쳐다볼 적에
보폭을 조절하지 않았다 나는
인간에게 닿는 길로 너를 넘어갔다

이십여 년

날마다 캐터필러 울리던 십여 년
성난 데모대가 몰려가며 울부짖던 거리에서
최루탄에 눈물을 찔끔거리다가 너는 밀려났다
깃발이 접히고 함성이 잦아들고
청춘의 붉은 피의 소리에 귀 기울였지만
혁명은 굶주린 자신들의 배를 채워주지 못한다며
재빨리 제도권이 된 친구들에게서도 너는 밀려났다
가장자리에서 한가운데를 바라보다가
돌아서는 등에는 허름한 옷자락이 흔들리고
안돼, 중얼거리던 말을 아무도 들어주지 않았다
돈이나 상품이 된 사람들이 내지르는 환호만
왁자하게 뒤덮이던 도시에서도 너는 밀려났다
다시는 돌아가지 않으려는데
사람들을 실은 기차는 그 도시로 달려가고
갖은 저항이 속속들이 갖은 권력으로 탈바꿈하던
이율배반을 잊지 못해 잊지 못해 들길만 밟다가 다시
십여 년,
들녘에서도 너는 밀려났다 자진해서

수직에서 수평으로

박영근

우리야 우리끼리 하는 말로
태어나면서도 넓디넓은
평야 이루기 위해 태어났제
아무데서나 푸릇푸릇 하늘로 잎 돋아내고
아무데서나 버려져도 흙에 뿌리박았는기라
　　　　　　　　　　　—「벼는 벼끼리 피는 피끼리」 부분

　먼저 1981년에 간행된 시집 『벼는 벼끼리 피는 피끼리』
와 1984년 간행된 시집 『사월에서 오월로』를 기억하자.
그 무렵 하종오의 시편은 백낙청·신경림 등의 비평에 의
해, 적어도 젊은 시인들의 작품들로 그 범주를 한정하는
한, 민중시의 가장 값진 성취로 간주되곤 했거니와, 그 주
목의 정도만큼이나 사람들의 입에 노래로 널리 불리워졌
다. 지금 다시 보아도 현실의 가파로운 문제의식은 민중

적 서사의 넉넉한 입담 속에서 '시'의 몸을 얻고 있으며, 간명하고 남성적인 운율은 비애를 헤쳐온 강도에 걸맞게 도도하기조차 하다.

그런데 기이하게도 나에게는 그 이후의 하종오의 문학적 생애가 선명하게 보이지 않는다. 어떤 실종에 가까운 공백감마저 드는 것이다. 그러나 사실을 따져보면 오늘에 이르기까지 하종오는 무려 9권의 시집을 세상에 내놨으며, 굿시로 명명된 간단치 않은 형식실험을 거쳐, 현실과 초월의 아슬한 경계로서 '님'의 정신주의를 우리에게 제시한 바 있다. 그렇다면 나의 공백감은 명백한 착오인가. 지금 이 물음 앞에서 어떤 분명한 대답은 그리 중요하지 않을지도 모른다. 그보다는 90년대 이후 급격한 변화 속에서 형성된 새로운 사회문화적 현실과 그의 시가 만나고 있는 접점을 이해하는 일과, 그 접점 위에서 그의 시가 얼마만한 문학적 설득력으로 변화에 대응해왔는가를 살펴보는 일이 더 의미가 있는 것처럼 보인다.

한 시인이 이 세계의 변화를 제대로 이해하고 그에 대응하기 위하여 자신의 삶과 시의 존재방식을 바꾸는 일은 매우 드문 경우일 것이다. 나는 시집 『무언가 찾아올 적엔』을 읽기 전에 하종오가 십여년 가까이 새로운 정처로 삼고 있다는 강화섬의 외진 살림살이를 생각해본다. 몇 가지 질문만이 오롯할 뿐, 뚜렷하게 손에 잡히는 것은 거의 없다. 그는 무엇을 내려놓고, 무엇을 얻었는가.

1

시집의 첫머리에 놓여 있는 「초봄이 오다」는 하종오 시가 갖고자 하는 어떤 지향을 함축하고 있는 작품이다. 시인의 내면에서 생성되는 자연의 새로운 모습이 우리에게도 낯설지 않은 체험기를 통해 설득력 있게 제시되어 있다.

산수유 한 그루 캐어 집에 옮기려고
산에 가만가만 숨어들었다.
(…)
이제 한 삽 뜨면 산에게서 내게로 올 게다.
겨울 내내 집안은 텅 비고 날 찾아오는 이 없었어.
(…)
나는 삽날 눕혀 뿌리 밑을 돌아가며
둥그렇게 뜬 뒤 밑동 잡고 들어올렸다.
한 그루 작은 산수유 실뿌리 뚜두두둑 뚜두두둑 끊기자
산에 있던 모든 산수유들 아픈지 파다닥파다닥
노란 꽃망울들 터뜨렸다.

산수유를 캐어 집마당에 옮겨심고 그것을 바라보며 겨우내 묵은 외로움을 달래보려는 시인의 태도는 사실 그리 새로운 것이 아니다. 그것은 대개 지극히 인간적인 욕망으로 아름답게 그려지거나, 또는 인문적인 여유와 멋으로

117

상찬되어왔다. 그러나 이 시는 어느 지점에서 자신의 몸을 돌려 오래된 교과서들과 확연히 갈라선다. 삽을 통한 생생한 산수유 체험이 시의 다른 입지점을 가능하게 했을 것이다. "뿌리 언저리 손으로 파헤쳐보았다."와 같은 시구에서 만져지는 산수유나무의 구체적인 육체성이 그것이다. 관계에 있어서 시의 화자 혹은 인간 위주의 일방적 관점이 산수유라는 '살아 있는' 몸의 발견과 그 접촉을 통해서 무너져내리는 것이다. 몸의 감각이야말로 얼마나 자연적인 것이며, 또 확실한 것인가. 이제 시인은 산수유의 몸이 겪는 아픔을 소리와 느낌으로 뚜렷하게 감지하게 되거니와, 결구의 두 행이 보여주고 있는 것처럼 사유의 커다란 전복을 겪는다. 한 나무의 아픔에 응답하는 온 산의 산수유들이 가리키는 의미는 무엇일까. 그리고 그 응답의 내면적 개화로서 터지는 "노란 꽃망울들"이 말하고자 하는 것은 무엇일까. 나는 그 의미를 시인의 내부에 피어나는 자연세계에 대한 새로운 인식의 개화로 읽는다. 그것은 물론 생생한 감각의 회복을 통해서 가능할 터이다.

「하늘눈」은 제목이 가리키고 있는 대로 흙노동을 통한 사유의 또다른 개안을 우리에게 일러주는 작품이다.

어제는 한 두둑 일궈서 열무 상추,
오늘은 한 두둑 일궈서 고추 모종,
국거리 찬거리 다 준비하고 나니 내 텃밭도 넓다
사지삭신을 흙에 부리고 나면 하늘눈이 생겨나는가

저기 산에서 여기 나무에게로 슬며시 오는 그늘이 보인다

　　가지에 둥지 친 새를 따라 날아다니는 나무가 보인다

　　언젠가 남을 비웃던 날이 내가 땅을 치고 울 날로 보인다

　　수년 전엔 수직으로 보이던 내가 오늘은 수평으로 보인다

　아마도 시인은 오랜 도시생활로 하여 흙노동을 하지 않았을 것이다. 그와 그의 가족에게 있어서 먹거리란 스스로의 노동으로 흙과 더불어 얻는 생명체가 아니라, 시장에서 화폐를 지불하고 사는 물건이었을 것이다. 그 거래 속에는 먹는 자와 기르는 자, 대지와 인간의 상생적 관계가 배제되어 있다. 「하늘눈」의 텃밭 노동이 일단 우리에게 암시하고 있는 것은 그와같은 단절된 관계를 본래의 관계로 회복하려는 의지이다. "내 텃밭도 넓다"라는 대단히 긍정적인 소회와, "사지삭신을 흙에 부리고 나면 하늘눈이 생겨나는가"라는 시인의 물음 속에서 우리는 흙(대지)-노동(인간)-먹거리(생명)의 관계가 하나의 고리로 일치되어 있는 것을 암유적으로 읽게 되는 것이 아닌가. 깨우침의 다른 말인 "하늘눈"의 시야는 거기서 그치지 않고 훨씬 넓어지고 자유로워진다. 흙과 일치된 노동 속에서 시인이 보는 "저기 산에서 여기 나무에게로 슬며시 오는 그늘"이 뜻하는 것은 무엇인가. 저물녘의 산그늘일 텐

데, 그것은 어떤 연대의 '품'으로서 산과 나무, 빛과 어두움의 경계가 사라져가는 시공간을 가리키는 것인가. 아마도 그럴 것이다. 그리고 "가지에 둥지 친 새를 따라 날아다니는 나무"의 형상은 자유로움을 말하는 새의 비상을 지극히 강조하기 위한 환상적 이미지이거나, 또는 새와 나무의 분별이 아예 사라진 '대자유'의 어떤 표상일 것이다. 그와같은 세계에서 시인이 자본과 문명이 삶의 목표로 가르치는바 수직적 상승의 꿈을 부정하는 것은 당연한 일일 것이다. 그때에 남는 것은 대립과 억압이 사라진 수평적 관계이다. 이 시의 결구에 나타나는 "날려오는 꽃잎 여러 잎을 다시 풀꽃에게로 날려보내는" "텃밭"을 보라. 저마다 본디의 자리에 돌아갈 때 비로소 관계는 환해지는 것이다.

시집 제1부의 자연 시편 도처에서 우리는 하종오 시의 뛰어난 성취를 본다. 사람과 꽃나무의 지극한 교감을 그리고 있는 「해거리」, 오직 타산과 이해를 좇아 나무의 곁가지를 잘라내고 꽃을 솎아내는 사람의 물질적 태도와, 그 죽임의 빈 자리에 낙화로서 꽃 빛깔과 향기를 채워넣는 배나무의 모습이 선명하게 대비되어 있는 「봄날 낙화」, 삶과 흙노동과 성의 이치를 콩 심는 법을 통해서 해학적으로 드러내고 있는 「시어미가 며느리년에게 콩 심는 법을 가르치다」 등의 작품들은 삶과 생태가 일통(一通)하는 지점에 서 있을 뿐만 아니라, 시의 형식에 있어서도 낱낱의 돌올한 개성으로 새롭다.

　같은 시각 같은 위치, 주방에 서서 수천 명의 여자가
밥상을 차리고
　같은 시각 같은 위치, 양변기에 쪼그리고 수천 명의
남자가 똥을 눈다
　먼 산이 보기엔 밤에 엘리베이터는 내려올 줄 모른다
　　　　　　　　　　　　　　　　―「고층아파트」 부분

　시집 『무언가 찾아올 적엔』의 또다른 중심적인 축을 이
루고 있는 것은 도시적 삶과 가치관에 대한 성찰이다. 하
종오의 시에 의하면 도시적 삶이란 「고층아파트」가 희화
적으로 드러내고 있는 것처럼 끔찍할 정도로 획일화되어
있는 삶이며, 자신을 경쟁의 시장에 상품으로 팔아 돈을
만들지 못하면 퇴출을 당하는 막다른 생존에 다름아니다
(「歌人 乞人」). 그리고 그 삶을 떠받치고 있는 문명적 가치
관은 자연과 공동체로서의 농경적 가치를 자본과 물질의
힘으로 낱낱이 해체하여 기계문명에 의존하지 않으면 살
아남을 수 없는 환금성 개인주의로 대체시킨다(「스프링쿨
러」「슬픈 유산」).

　먼 산은 끔찍해져서 자신도 그런가 싶어 살펴보면
　산자락에는 작은 나무들이 있고 산꼭대기에는 큰 나

무들이 있고

　나무들은 서로 피하여 다른 쪽으로 가지들을 뻗어 있
는데

　새들은 저마다 다른 날개를 접을 수 있는 크고 작은
집에 들어 있다

—「고층아파트」 부분

하종오의 비판적 사유를 이루는 뼈대는 "먼 산", 즉 자
연적 세계관이다. 그 세계에는 다양한 삶과 시각이 한데
어울려 공존하고 있으며, "서로 피하여 다른 쪽으로 가지
들을 뻗는", 타자의 삶에 대한 배려와 상호의존적 관계가
생존의 그물망으로 살아 얽혀 있다.

　그러나 하종오의 사유가 도시문명적 현실 속에서 얼마
만큼의 설득력을 갖고 있는지는 따로 물어야 할 것처럼
보인다. 시인 스스로도 시의 결구에서 "먼 산은 그들을
보면서도 상대적으로 낮아지는 자신은 못 본다"는 비관적
진술을 하고 있거니와, 문명적 삶으로서의 "엘리베이터"
를 타고 "위로만 솟구쳐 오르"려는 "수천 명의 남녀들의
오르가슴"은 현실로서 엄연한 것이 아닌가.

　그런 의미에서 「일개미 한 마리」가 지향하고 있는 일탈
의 꿈은 되새겨 읽어볼 만하다. 시인은 미나리아재비 줄
기를 위태롭게 타고 오르고 있는 개미 한 마리를 보면서,
"벼랑에 섰을 때/나는 곧장 나아가 하늘로 올라가거나 낭
으로 떨어져/일을 하지 않아도 되는 곳에 머물고 싶은 적

있다" 또는 "저 개미는 이제는 나지 않을 두 날개가 몹시
아쉬울 것이다/(…)/나는 되돌릴 수 없는 길을 발길 가는
대로 다 가서/몸이 먹을 것도 마음이 먹을 것도 가져오지
못한 적 있다"는 등의 일탈에의 격한 충동과 어떤 극단적
인 지점에서 겪어낸 좌절의 체험을 고백한 후에 다음과
같은 진술을 우리에게 들려준다.

　　저 개미는 제 무리를 위하여 함께 먹이를 구하는 일
　보다
　　제 자신을 위하여 홀로 향기를 맡으러 왔는가보다 지금
　　쓸쓸히 다니는 건 일개미의 꿈이라고 나는 생각한다
　　하지만 그런 꿈은 내 경험으로는 늘 가난한 것,
　　일깨워주고 싶어 미나리아재비를 톡 건드려도 흔들리
　는
　　꽃잎에서 떨어지지 않고 개미는 한 걸음 더 나아간다
　　더 나아간다 무슨 궁리를 하는지 좌우로 움직이는 촉
　각,
　　좀 구부정한 촉각으로 아름다운 고독을 발견한 뒤에
　　마침내 절망할지라도 나는 내 문제로 이해하고 싶다

　시인은 현실에 대한 자신의 비판적 사유와 일탈의 꿈이
소통되지 못하고 좌절당한 정황에서 개미의 행보를 빌려
놀랍게도 꽃의 향기를 말하고 있다. 그것이 부를 결과는
분명 무리에서 소외되어 가난 속으로 추락하는 것이라는

사실을 알고 있지만, 그 위태로움에 흔들리지 않고 "꽃잎에서" "한 걸음 더 나아"가고 싶다고 되풀이해서 말하고 있다. 그리고 그와같은 자신의 심중을 "아름다운 고독"의 처소로 명명하고 있다. 그렇다면, 그 처소는 예술 혹은 시의 자리인가. 나는 그렇다고 생각한다. 그것은 도시적 삶을 수락하고 무리를 위하여 먹이를 구하는 일을 거절하는 또다른 일탈의 태도인가. ("더 나아간다"라는 시구의 단호한 울림을 상기할 필요가 있다.) 하종오 시에 대한 나의 이해가 옳은 것이라면, 우리는 이 지점에서 다시 그의 자연 시편으로 돌아가도 좋을 것이다. 그의 시의 강화섬으로의 여정이야말로 「일개미 한 마리」가 성취하고 있는 '꽃의 자리'와 다를 바 없지 않은가. 농경적 삶과 도시적 삶은 그의 시에서 상호저항적 긴장의 관계를 맺으면서 하나의 고리를 타고 순환하고 있는 것이다.

이 글의 끝자리에서 나는 하종오의 시 「살아서 가는 법」을 천천히, 되풀이해서 읽는다. 시에 나타나 있는 '등나무'의 형상이 90년대 이후로부터 상당한 기간 동안 하종오의 시와 삶이 걸어온 고통스러운 역정으로 비치는 까닭이다. "가지를 뻗어도 휘감을 나무가 없어" 자신의 몸을 꼬며 휘어 오르다가, 마침내 더는 오르지 못하고 그 지향을 땅을 향해 밑으로 내려뜨리는 등나무. 그 하강은 그러나 추락이나 좌절로 떨어지지 않고 "저 홀로 땅 속에"서 신생(新生)의 자리로 돌아오른다. 시의 전문은 이렇다.

밭가에 심긴 등나무는
가지를 뻗어도 휘감을 나무가 없어
서로 꼬며 꼬이며 휘어 오르다가 멎어서
사방으로 잔가지들 하늘거린다.
저 홀로 직선으로 허공을 오르지 못하자
등나무는 그 푸른 힘을 밑으로 내려 퍼뜨린다.
저 홀로 땅속에 곡선으로 휘어 뻗은 뿌리는
팔방으로 이리저리 퍼져나가다가
불쑥불쑥 밭고랑에 새 가지를 돋아올린다.
새 가지는 새순 내어 사방팔방을 더듬어보다가
휘감을 나무가 없으면 구불구불 엎드린다.
누가 밭가에 등나무를 심었을까.
저 홀로 흙바닥에 직립하지 못한 사람이었을까.
그이 온몸도 기댈 데 없어 휘었을 게다.

주제와 형상에 있어서 상승의 고통과 그 고투에 익숙한
나에게 「살아서 가는 법」이 보여주는 하강의 포즈는 그것
자체로 매우 이채롭게 다가온다. 그리고 시를 단순히 등
나무로 비유된 어떤 생존의 지혜로만 읽기에는 땅속의 뿌
리로부터 돋아오는 "새 가지"의 모습이 참으로 눈부시다.
휘어 뻗는 곡선의 힘과 함께, 우리가 오래 기억해야 할 하
종오 시의 하강의 미학이 아닐 수 없다.

시인의 말

근래 몇년 동안 강화도와 서울을 오가며 생활하면서 농촌과 도시 간의 단절을, 윗세대와 아랫세대 간의 단절을, 자기와 타자의 단절을, 자연과 인간의 단절을, 생과 사의 단절을 느끼면서 자꾸만 극단으로 삶의 각을 세우게 하는 것이 무엇이며, 무엇으로 해결할 것인가를 생각하며 시를 썼습니다.

이런 시 쓰기에서도 어찌해볼 수 없는 절망을 느낄 때는 미래의 죽음 속에 자신을 세워놓고 현재의 사람살이를 뒤돌아보곤 했습니다. 이 현실에서 느끼는 비감을 견디고 버텨내기 위한 나름의 고육지책이었을 뿐, 결국 저에게는 세속적인 능력이 별로 없음을 확인할 뿐이었습니다.

하지만 그렇기에 세상의 단절된 여러 모습을 다 보여줌으로써 상생하고 공생하고 공존할 수 있는 정서를 사람들에게 찾게 할 수 있고, 찾게 해야 하는 것이 시라는 믿음을 새로이 가지게도 되었습니다. 시인이 자본주의 현실에서는 무력하더라도 시 속에서만은 유능해질 수 있다는, 이 새롭지 않은 아주 작은 사실 하나를 새롭게 되새기기로 했습니다. 제가 시를 놓지 않아야 할 이유를 찾은 셈이었습니다. 이 시집은 그 이유의 한 표현입니다.

창작과비평사에서 1986년 세번째 시집 『넋이야 넋이로다』까지 낸 이후 17년 만에 이 시집을 냅니다. 그동안 어디에 가 있었느냐,며 빙그레 웃을 선생님, 선배, 친구들의 얼굴이 떠오릅니다.

2003년 2월
하종오

창비시선 224
무언가 찾아올 적엔

초판 1쇄 발행 / 2003년 4월 10일
초판 2쇄 발행 / 2005년 2월 25일

지은이 / 하종오
펴낸이 / 고세현
편집 / 고형렬 강일우 김정혜 문경미
펴낸곳 / (주)창비
등록 / 1986년 8월 5일 제85호
주소 / 경기도 파주시 교하읍 문발리 513-11
      우편번호 413-832
전화 / 031-955-3333
팩시밀리 / 영업 031-955-3399 · 편집 031-955-3400
홈페이지 / www.changbi.com
전자우편 / literat@changbi.com

ⓒ 하종오 2003
ISBN 89-364-2224-3 03810